petit roman

Du même auteur, dans la même collection :

UN AMOUR DE PERROQUET

LE FILS DU CHEVALIER TÊTENLÈRE

Stéphane Daniel
Illustrations de Christophe Besse

LE CHEVALIER TÊTENLÈRE

RAGEOT

Pour Louise,
ma petite princesse du vaste monde.

ISBN : 978-2-7002-3487-9
ISSN : 1965-8370

Loi n° 49-956 du 16-07-1949 sur les publications
destinées à la jeunesse.

En route, chevalier !

Le chevalier Têtenlère est enfin prêt. Son épée lui bat la hanche, son armure est en place et son cheval, harnaché, l'attend dans la cour du château Fier.

Il a fait ses adieux au roi Gédéon, son père, à la reine Aimée, sa mère, et il cherche maintenant Marguerite, sa chère nourrice.

Il la trouve dans la grande salle du donjon, un plumeau à la main, époussetant les meubles dans l'espoir d'oublier son chagrin.

– Au revoir, Marguerite ! lance-t-il joyeusement.

– Au revoir Thibaud, répond-elle. Tu seras prudent, n'est-ce pas ?

– Bien sûr ! Tu verras, je serai de retour bientôt. Ne t'inquiète pas.

Marguerite soupire. Son protégé ne manque pas de qualités… mais personne n'est plus distrait que lui ! Dans le royaume, il se trouvera toujours quelqu'un pour veiller sur lui… mais lorsqu'il l'aura quitté ? Alors oui, elle s'inquiète. Thibaud, qui s'en aperçoit, décide de la rassurer.

– Regarde ! dit-il en tirant son arme de son fourreau, j'ai cette épée pour me protéger. Que veux-tu qu'il m'arrive ?

Marguerite hausse les épaules. Thibaud s'approche en souriant.

– Il est temps maintenant pour moi de partir. On s'embrasse ?

Il pose son épée sur la table, Marguerite pose son plumeau et ils s'étreignent.

– Bonne chance, dit Marguerite en s'éloignant les larmes aux yeux.

Thibaud rengaine son épée et quitte le château. Depuis dix générations, les garçons Têtenlère naissent et grandissent dans le domaine familial. L'heure venue, ils partent à la découverte du monde pour y trouver celle qui deviendra leur épouse.

Avant Thibaud, le roi Gédéon, son père, a arraché la princesse Aimée des mains d'un cruel géant et le roi Gontran, son grand-père, a sauvé la princesse Mélanie, prisonnière d'une terrible sorcière, la Malsort.

Nourri par les récits de leurs exploits, Thibaud est confiant. Il se montrera digne des Têtenlère.

Il n'empêche qu'en franchissant le pont-levis il sent monter en lui une drôle d'appréhension. Ce qu'il connaît du monde se limite aux terres qui entourent le château Fier, c'est-à-dire pas grand-chose.

Il pique des deux et lance son cheval au galop. Bientôt, il atteint les limites du royaume. En se retournant, il constate que le château ne forme plus qu'un point minuscule à l'horizon. Une minute après, il a complètement disparu.

Pour la première fois de sa vie, le chevalier pénètre dans le vaste monde.

La princesse sur l'île

Les premiers jours, Thibaud s'enivre de découvertes. Chaque village rencontré, chaque royaume traversé, suscite en lui un étonnement béat. Il n'en oublie pas pour autant sa mission.

Très vite, il se rend compte que délivrer une princesse n'est pas aussi simple que ça en a l'air.

Il faut d'abord trouver une princesse, ensuite il faut qu'elle soit retenue prisonnière, et enfin il vaut mieux arriver avant les autres chevaliers qui ont à accomplir la même mission que lui. Thibaud en croise parfois sur les chemins.

Un mois ayant passé, il atteint les rives d'un lac immense.

Dans le village de pêcheurs niché sur les berges, il apprend qu'une princesse nommée Héloïse s'est aventurée la veille sur l'île plantée au milieu et qu'elle n'en est pas revenue.

– Pourquoi donc? demande-t-il au capitaine John, patron du plus gros bateau du port. La princesse ne sait-elle pas nager?

– Si, d'ailleurs on ne peut y accéder qu'à la nage, à cause des récifs. Mais elle ne sait pas combattre les dragons, et l'île où elle a abordé héberge le plus féroce d'entre eux. Il ne dédaigne pas la chair fraîche quand elle se présente.

– Pourquoi diable s'y est-elle rendue, alors ?

– Un mauvais courant l'a entraînée sans doute…

Le chevalier Têtenlère n'hésite pas une seule seconde.

– Capitaine, pouvez-vous m'approcher de cette île ? Votre bestiole, j'en fais mon affaire !

Une heure plus tard, il se trouve à la proue du bateau du capitaine John. À tribord, un autre bateau, plus petit, cingle dans la même direction, mais le chevalier n'y prête qu'une attention modérée.

– Impossible d'aller plus loin, déclare bientôt le capitaine en jetant l'ancre.

– À moi de jouer ! lance le chevalier pressé de montrer sa bravoure.

Il s'approche du bord et prend sa respiration. Le capitaine tente de le retenir.

– Vous ne pensez pas qu'avant il vaudrait mieux...

– Je n'en ai pas pour longtemps !

Thibaud Têtenlère saute dans l'eau... et coule à pic.

Heureusement, alors qu'il touche le fond, il voit un filet descendre devant lui. Il l'agrippe, tire un coup sec et se laisse remonter à la surface.

Toussant et crachant, il est hissé sur le pont par le capitaine et ses hommes.

– Vous ne m'avez pas laissé parler, chevalier Têtenlère, explique le capitaine John, embarrassé. Je voulais vous dire qu'avant de sauter il était peut-être préférable d'enlever votre armure.

– Je me suis un peu précipité, admet le chevalier. Merci pour le coup de main, ou plutôt pour le coup de filet...

Il aperçoit alors, nageant comme un poisson, un chevalier rival qui aborde le rivage de l'île.

L'autre bateau avait aussi un courageux passager à bord.

Beau joueur, de retour au port, Thibaud est un des premiers à féliciter le chevalier Billentête d'avoir terrassé le dragon et libéré la princesse Héloïse, laquelle n'a d'yeux que pour son sauveur.

Loin de se décourager, Thibaud reprend sa route, convaincu que l'attendent d'autres princesses à délivrer dans le vaste monde.

Un chevalier de trop

Plusieurs jours se sont écoulés quand le chevalier pénètre sur les terres du roi Barnabé bordant un tranquille océan.

Dans l'auberge où il fait halte, il apprend que Victorine, la fille unique de ce bon roi, a été enlevée la veille par le plus terrible brigand de la région, Gengis Lefort.

Il l'a emportée dans les ruines du château qui lui sert de refuge.

– Les Orbites du Diable, qu'on l'appelle, explique l'aubergiste. À deux lieues d'ici, sur la route des moulins. Mais faut savoir que personne ne s'y risque jamais. Trop dangereux !

– Les Orbites du Diable ?

– Vous savez pourquoi qu'on l'appelle comme ça ? Parce que du sommet du donjon, la vue plonge sur deux oubliettes creusées près de l'enceinte. Si bien qu'on a l'impression que l'enfer vous regarde !

– Je parie que la princesse est au fond d'une des oubliettes ! s'écrie le chevalier. Mais pourquoi le roi Barnabé n'attaque-t-il pas ce brigand ?

– Gengis Lefort est si terrible qu'à l'idée de le combattre, les soldats détalent ! On ne reverra jamais la princesse…

– Je ne le permettrai pas ! s'exclame Thibaud.

– Moi non plus ! ajoute une voix derrière lui.

Il se retourne. Un autre chevalier est attablé là. Il n'a rien perdu des explications de l'aubergiste.

– Chevalier Ronan Têtebienplène, se présente-t-il aussitôt.

– Thibaud Têtenlère. Je crois que nous voilà rivaux !

– Exact. Et que le meilleur gagne ! dit l'autre en souriant.

– Après une bonne nuit de sommeil, je serai imbattable, déclare Thibaud en se levant. Aubergiste, vous avez une chambre ?

– Donnez-m'en une aussi, ajoute Ronan Têtebienplène.

Une fois dans sa chambre, Thibaud se contente de s'asseoir sur son lit et de tendre l'oreille. Quand le silence s'installe dans l'auberge, il ressort sans bruit et récupère son cheval à l'écurie.

Il se frotte les mains.

Lorsque Ronan Têtebienplène se réveillera le lendemain, la princesse sera délivrée depuis longtemps...

Parvenu à distance de l'auberge, Thibaud grimpe sur son cheval et se lance au galop sur le chemin qui mène aux Orbites du Diable.

Une demi-heure plus tard, ayant gagné le repaire de Gengis Lefort, il s'approche sans bruit d'une des oubliettes.

– Princesse Victorine ! appelle-t-il discrètement.

Pas de réponse.

Il rejoint la seconde oubliette et appelle de nouveau :

– Princesse Victorine !

– Je suis là ! dit une voix étouffée.

– Ne bougez pas, je viens vous délivrer !

Et Thibaud entreprend de descendre en s'accrochant aux pierres.

Au prix de mille efforts, il parvient bientôt au fond de l'oubliette. La princesse se précipite sur lui et s'exclame :

– Comme vous êtes courageux, chevalier ! Prendre de tels risques pour me délivrer !

Thibaud rougit.

– Vite, reprend-elle, partons d'ici avant qu'on nous surprenne !

– Vous avez raison, princesse.

S'ensuit un court silence. La princesse fixe Thibaud, un sourire crispé aux lèvres. Elle finit par lui demander :

– Et comment sort-on de l'oubliette ?

Le chevalier pâlit.

– Comment ça, comment ?

– Oui. Où est la corde pour remonter ?

– Bien sûr, la corde, bafouille Thibaud.

Soudain, comme par miracle, une corde surgit de la nuit et vient se balancer doucement sous le nez de la princesse.

– Ah, tout de même ! soupire-t-elle.

Elle s'y suspend et remonte vers la liberté. Thibaud ne la quitte pas des yeux. Très vite, elle disparaît. Ne reste plus que le rond bleu sombre de la nuit.

Dépité, le chevalier s'assoit par terre. Quand, second miracle, la corde redescend jusqu'à lui.

Sans perdre de temps, Thibaud grimpe jusqu'à la margelle à la force des bras, juste à temps pour voir la princesse Victorine s'éloigner au bras du chevalier Têtebienplène.

Tout à l'heure, il l'aura suivi. Ce rival victorieux aura eu l'élégance de ne pas le laisser tomber.

Loin de se décourager, Thibaud récupère son cheval avant de reprendre sa route, persuadé que, dans le vaste monde, l'attendent d'autres princesses à délivrer.

À la croisée des chemins

Il règne une atmosphère étrange dans le village où pénètre Thibaud Têtenlère, trois mois jour pour jour après son départ du château Fier.

Les portes sont closes, les volets fermés sont renforcés par des planches clouées en travers. De plus, les rues sont vides.

Il cherche un maréchal-ferrant à qui confier son cheval, mais il doit frapper longtemps à sa porte avant qu'il daigne ouvrir.

– Que se passe-t-il donc, brave homme ? s'inquiète Thibaud.

– On voit que vous n'êtes pas d'ici, vous !

– En effet.

– Vous n'avez donc jamais entendu parler du géant Mâchefer ?

– Je ne crois pas. Qui est-ce ?

– Oh, une brute épaisse qui nous terrorise depuis des années. Chaque lendemain de pleine lune, il sort de la forêt où il habite pour piller nos réserves. Et gare à celui qui se trouve sur son chemin ! Justement cette nuit, c'est la pleine lune...

– Je vois.

– Vous allez rester un moment ?

– Tout dépend… Votre géant retient-il une princesse prisonnière ?

– Pas que je sache.

– Alors je ne reste pas.

– Un conseil, chevalier. En sortant du village, vous trouverez un tilleul à la croisée des chemins. Ne prenez surtout pas à droite, la route vous mènerait au cœur de la forêt, tout droit dans le terrible repaire de Mâchefer. Tournez à gauche, vous avez bien compris ? À gauche !

– Brave homme, je vous remercie !

Après s'être restauré, Thibaud récupère son cheval et quitte le village. Comme prévu, il rencontre peu après un majestueux tilleul qui se dresse à l'embranchement de deux chemins poussiéreux.

– Voyons, que m'a donc dit ce brave homme ? Qu'il me fallait absolument prendre à droite au tilleul. Oui, c'est ça, à droite !

Et il guide son cheval à droite.

Le chemin ne tarde pas à s'enfoncer dans une forêt très profonde, très humide et très sombre.

Thibaud, bercé par la marche tranquille de sa monture, sent une douce somnolence le gagner.

Guidé par le bruit d'une source, il découvre bientôt un lieu enchanteur rafraîchi par un cours d'eau. Il pose pied à terre et s'en approche. Il repère une caverne où il pénètre avec précaution. Un tapis de mousse est là. Il s'y allonge et s'endort aussitôt.

Le repaire de Mâchefer

Réveillé par des voix puissantes, le chevalier Têtenlère se redresse. Le bruit provient d'une galerie qui s'enfonce dans la caverne.

Poussé par la curiosité, il s'y glisse en rampant. Dix mètres plus loin, il débouche sur une autre caverne, immense.

Là, deux silhouettes imposantes sont plongées dans une conversation animée. Pas de doute, il est tombé pile dans le repaire du géant qui terrorise le village !

– C'est comme ça, bonhomme, dit le plus imposant des deux à l'autre, on est tous passés par là !

– Mais, papa, j'ai encore le temps !

– Non, tu es assez grand pour prendre tes responsabilités de géant ! Moi, à ton âge, j'avais déjà enlevé deux princesses !

– Deux ?

– Parfaitement, deux ! Tu dois être capable d'en enlever une !

– Je n'en ai pas très envie…

Le géant Mâchefer hausse les épaules et pousse un long soupir.

– Dans la vie, on ne fait pas toujours ce qu'on veut, bonhomme. Cet après-midi, la princesse Rose doit traverser la forêt. Tu te débarrasseras de son escorte et tu la ramèneras ici !

– Bien papa.

Thibaud recule sans bruit. Quelle aubaine ! Lui qui cherche depuis des mois une princesse à délivrer n'a plus qu'à attendre tranquillement que ce Petit Géant lui en apporte une. Il lui arrachera alors la princesse Rose et chevauchera avec elle jusqu'au château Fier.

Chevaucher… Un seul cheval ne suffira pas pour le voyage qui les attend. Pas question de commettre une erreur comme aux Orbites du Diable. De la méthode, cette fois !

Thibaud saute sur sa monture et retourne au village se procurer une superbe jument blanche, puis il regagne la forêt et attache les bêtes dans une clairière.

De nouveau allongé dans la galerie, il regarde Mâchefer occupé à briser des troncs d'arbre entre ses mains nues pour alimenter un feu. Thibaud frémit. Si le fils possède ne serait-ce que la moitié de la force de son père, sa tâche ne sera pas aisée.

Une bataille de géants

Une heure plus tard, à moitié assoupi, Thibaud sursaute, alerté par des cris perçants.

– Lâchez-moi ! Vous m'entendez, grosse brute ? Lâchez-moi ! Ou je vais finir par me fâcher !

Il rejoint l'entrée de la caverne des Mâchefer et voit Petit Géant, obéissant, déposer au sol la jeune fille qu'il porte sur son épaule.

Nul doute qu'il s'agit bien de la princesse Rose à en juger par la couleur de sa robe et du ruban qui noue ses cheveux.

Même ses joues sont roses, mais c'est la colère qui les a peintes ainsi.

Elle est si belle que Thibaud tombe immédiatement amoureux d'elle. Ce n'est plus pour remplir sa mission qu'il va la délivrer, mais parce qu'il le désire plus que tout au monde.

Le fils de Mâchefer, sans avoir la taille de son père, dépasse Thibaud d'au moins quatre têtes ! Pourtant un courage tout neuf afflue dans les veines du chevalier. Il ne réfléchit pas, bondit, se plante devant Petit Géant et pose sa main sur le pommeau de son épée.

– Je suis Thibaud Têtenlère, fils du roi Gédéon et prince du château Fier. Je viens délivrer la princesse Rose. Si tu t'interposes, il t'en cuira !

La princesse ouvre de grands yeux à l'apparition de Thibaud, et tombe immédiatement amoureuse de son intrépide sauveur.

– Lâche-la ! ordonne Thibaud.

– Pas de problème, dit Petit Géant, je te la laisse !

– Quoi ? s'étonne Thibaud, tu ne veux pas combattre ? Même pas un tout petit peu ?

– Non merci. Mon père tient à faire de moi un géant qui terrorise la région alors j'essaie de terroriser comme je peux. Mais franchement je préfère rester dans la forêt…

Il poursuit sur le ton de la confidence :

– Moi, ce qui me plaît, c'est étudier les papillons.

Thibaud s'interroge un court moment. S'agirait-il d'une ruse ? Mais Petit Géant semble sincère.

– Dépêchez-vous de partir avant que mon père n'arrive, reprend Petit Géant. Un seul chevalier a réussi à lui reprendre une princesse qu'il avait enlevée, mais c'était il y a bien longtemps. Les autres, il les a jetés par-dessus les arbres.

– Bon, dit la princesse en rejoignant le chevalier, puisque ce jeune géant nous le propose, nous pourrions peut-être…

– Vous avez raison, princesse, ne tardons pas ! Deux chevaux nous attendent un peu plus loin.

– Vous avez pensé à tout, on dirait.

Mais soudain, Thibaud et Rose se figent. Mâchefer a surgi de la caverne, le visage empourpré, les poings serrés. En trois enjambées qui font trembler le sol, il se retrouve devant eux.

– Où croyez-vous aller comme ça ?

Il se penche vers son fils qui essaie, dans la mesure de ses moyens, de se faire tout petit.

– Et notre réputation, bonhomme ? Que diront les gens quand ils apprendront que nous relâchons ceux que nous enlevons ?

Puis il se tourne vers Thibaud.

– Et toi, microbe, avec quoi comptes-tu me terrasser ?

Thibaud bombe le torse. La présence de la princesse décuple son courage. Il pose une nouvelle fois sa main sur la garde de son arme.

– Avec ça ! déclare-t-il fièrement en tirant son épée de son fourreau.

Mâchefer fixe son regard sur l'arme brandie par le chevalier. Puis, peu à peu, des quintes de rire commencent à le secouer, de plus en plus fortes, de plus en plus puissantes. Une minute plus tard, il est couché au sol, plié en deux.

– Avec… ça ? répète-t-il, secoué par un fou rire.

Thibaud regarde son épée. Elle est formée d'une longue tige en fer terminée par des plumes fermement liées. En fait d'épée, il s'agirait plutôt d'un… plumeau.

Et il se souvient… Lors de ses adieux à Marguerite, l'épée était posée près du plumeau, et c'est celui-là qu'il a rengainé. N'ayant pas eu l'occasion de s'en servir depuis son départ, il ne s'est rendu compte de rien.

Thibaud ne sait plus quoi faire. La princesse lui tapote l'épaule.

– Nous devrions en profiter pour fuir, vous ne croyez pas ?

– Vous avez raison ! se reprend-il.

Il se précipite vers la clairière où attendent les chevaux.

– Vite ! lui dit-il, montez !

Puis il lance les montures dans un galop effréné.

Mission accomplie!

Un retour en fanfare

– **Nous allons bientôt ralentir l'allure,** princesse Rose, lance-t-il par-dessus son épaule en tenant toujours avec fermeté les rênes de la blanche jument. Je suis si heureux. Je vous aime tellement. Voulez-vous m'épouser ?

La princesse ne répond pas.

– Je comprends, continue-t-il, vous avez besoin de réfléchir, de mieux me connaître.

Au tilleul, Thibaud prend la route qui s'éloigne du village. Quand il est certain d'être enfin à l'abri, il arrête son cheval et se tourne vers la princesse.

Mais il n'y a pas de princesse. Juste un cheval blanc avec personne dessus !

– Mon Dieu, qu'est-il arrivé ? s'écrie-t-il. L'aurait-on encore enlevée sans que je m'en aperçoive ?

Soudain, il entend une voix au loin.

– Ohé ! Ohé, chevalier !

Thibaud regarde derrière lui le chemin où un nuage de poussière annonce l'approche d'un poursuivant. Il reconnaît la silhouette de Petit Géant qui court en portant la princesse sur son épaule.

Lorsque Petit Géant rejoint le chevalier, il dépose la princesse près de lui et reprend son souffle.

– Vous êtes parti trop vite, la demoiselle n'a pas eu le temps de grimper sur le cheval !

Le chevalier Thibaud rougit de confusion.

La princesse le regarde, plus amusée que fâchée, et déclare :

– Votre plan était presque parfait, chevalier…

– Bon, conclut Petit Géant, je vous laisse. J'ai repéré de beaux papillons sur le chemin. Cette fois, n'oubliez personne.

Il les salue et disparaît.

Un mois plus tard, au château Fier, on célèbre le mariage du chevalier Thibaud Têtenlère et de la princesse Rose, entourée de ses parents, le roi Léopold et la reine Mathilde.

Rose a séduit les habitants du royaume par sa gentillesse et sa grâce. Marguerite, qui a rendu son épée au chevalier en échange de son plumeau, ne cache pas sa joie d'avoir vu son Thibaud revenir en si charmante compagnie. Dans leur sillage, elle applaudit sans arrêt en criant :

– Vive les mariés !

Thibaud, ébloui par la robe blanche de sa princesse Rose, ne cesse de la dévorer des yeux.

– Que vous êtes belle, Rose ! ne peut-il s'empêcher de répéter.

Elle rosit.

– Chevalier, il vous arrive parfois d'être distrait, mais jamais vous n'oubliez l'essentiel…

Plus tard, au cours du banquet qui marque le début des festivités, Thibaud se penche vers son père pour lui raconter, en détail cette fois, son aventure.

– Mâchefer ? le coupe soudain le roi Gédéon. Tu as dit que ce géant s'appelait Mâchefer ?

– Oui, père. Son fils m'a avoué qu'un seul chevalier avait réussi, avant moi, à lui reprendre une princesse enlevée…

Devant l'expression rêveuse du roi, Thibaud comprend.

– … Ce chevalier, ne serait-ce pas vous par hasard ?

– Si. On dirait que ce Mâchefer n'a pas de chance avec la famille Têtenlère. Comme toi je l'ai vaincu, grâce à mon courage… Mon courage et…

Il s'interrompt un instant, et poursuit en se penchant vers son fils :

– Tu dis que tu as sorti un plumeau de ton fourreau ?

– Oui, père. Et vous, c'était quoi ?

Le roi lui adresse un clin d'œil complice et chuchote :

– Ça restera entre nous ?

– Promis.

– C'était une cuillère en bois…

L'auteur

Professeur des écoles et père d'une princesse et d'un écuyer, le chevalier **Stéphane Daniel** a écrit de nombreux livres, mais combien au fait ? Dès qu'un de ses personnages est en difficulté, il vole à son secours. Et quand il jette son stylo au ciel, celui-ci, en retombant bien plus tard, se plante toujours sur le mot

FIN.

petit roman

www.rageot.fr

- UNE AMITIÉ DIFFICILE, Jean-Côme Noguès
- UN AMOUR DE PERROQUET, Stéphane Daniel
- L'ARBRE À CHATOUILLES, Roland Fuentès
- BABALÉNO ET KASHALO, Yves-Marie Clément
- LE BRIQUET, Hans Christian Andersen
- CADEAU SURPRISE POUR MAMAN, Sylvaine Jaoui
- LE CHEVALIER TÊTENLÈRE, Stéphane Daniel
- LE CLUB DES PETITES SŒURS, Sylvaine Jaoui
- LE COURAGEUX PETIT TAILLEUR, Les Frères Grimm
- LE FIL DE NUAGE, Cécile Geiger
- FILLE DE PIRATE, Christophe Miraucourt
- LE FILS DU CHEVALIER TÊTENLÈRE, Stéphane Daniel
- MA JOURNÉE À LA FERME, Philippe Barbeau
- MA JOURNÉE AU CHÂTEAU FORT, Philippe Barbeau
- KOUMBA-LA-DOUCE ET KOUMBA-LA-MÉCHANTE, Albéna Ivanovitch-Lair, Annie Caldirac

- **LE MANGEUR D'OGRES**, Claire Gratias
- **PAPA EST UN SUPER HÉROS**, Muriel Zürcher
- **UNE PIRATE DANS L'ÎLE**, Christophe Miraucourt
- **LES PLUMES DU PAON ET DU CORBEAU**, Albéna Ivanovitch-Lair, Annie Caldirac
- **UNE RENTRÉE PAS COMME LES AUTRES**, Nathalie Charles
- **LE SCARABÉE MAGIQUE**, Michel Girin
- **LE SECRET DU LUTIN**, Annie Caldirac, Albéna Ivanovitch-Lair
- **LE TONNEAU VOLANT**, Roland Fuentès
- **LE VOLEUR DE CHOUCHOUS**, Pierre Bottero

Achevé d'imprimer en France en août 2009
par l'imprimerie Clerc.
Dépôt légal : septembre 2009
N° d'édition : 4826 – 01